EL
CLUB
DE LOS
MISTERIOS
DE PEDRO

por Fran Manushkin

ilustrado por
Tammie Lyon

PICTURE WINDOW BOOKS
a capstone imprint

Publica la serie Pedro Picture Window Books,
una imprenta de Capstone,
1710 Roe Crest Drive
North Mankato, Minnesota 56003
www.mycapstone.com

Texto © 2018 Fran Manushkin
Ilustraciones © 2018 Picture Window Books

Los datos de CIP (Catalogación previa a la publicación, CIP) de la Biblioteca del Congreso se encuentran disponibles en el sitio web de la Biblioteca.

ISBN 978-1-5158-2512-8 (encuadernación para biblioteca)
ISBN 978-1-5158-2520-3 (de bolsillo)
ISBN 978-1-5158-2528-9 (libro electrónico)

Resumen: Pedro y sus amigos forman un club nuevo dedicado a resolver misterios. Las primeras dos misiones son encontrar el medallón de su mamá y el celular de su papá.

Diseñadoras: Aruna Rangarajan y Tracy McCabe
Elementos de diseño: Shutterstock

Fotografías gentileza de:
Greg Holch, pág. 26
Tammie Lyon, pág. 27

Impresión y encuadernación en los Estados Unidos de América.
010837S18

CONTENIDO

Capítulo 1
Un pequeño misterio

—¡Voy a abrir un club de misterios! —les contó Pedro a Katie y Juli—. Podemos hacer nuestras reuniones aquí en mi nueva casita del árbol.

—¡Qué buena idea! —dijo Juli.

—Soy muy buena para
resolver misterios —dijo Katie
Woo—. Siempre descubro
dónde esconde mamá mis
regalos de cumpleaños.

—Tengo un misterio para ustedes —dijo la mamá de Pedro—. No puedo encontrar mi relicario.

—Es un misterio pequeño —dijo Pedro—. Pero es un buen comienzo.

Pedro anotó las pistas.

—¿Adónde fuiste hoy?

—preguntó a su mamá.

—Fui a la tienda a comprar

mezcla para galletas con

trocitos de chocolate —le

contestó.

—Ya sé qué hacer —dijo Pedro—. Seguiremos el camino que tomaste y encontraremos tu relicario. Será un trabajo difícil. Por eso, cuando regresemos, necesitaremos esas galletas.

Katie le
dijo a Pedro:

—Me alegra
que haya
salido el sol.
El relicario
brillará con
la luz del sol.
Así será fácil
encontrarlo.

—¡Lo veo! —gritó Katie—.
Uy, no. Es solo una moneda.

—Encontré un anillo de
juguete —dijo Juli—. Me queda
bien.

Pero no encontraron el
relicario.

Capítulo 2

Más pistas

Los tres amigos llegaron hasta una gran colina. Katie preguntó:

—¿Piensas que tu mamá subió esta colina?

—No —respondió Pedro—. Pero me gustaría bajarla rodando. ¡Es divertido!

¡Y lo fue!

—¡Ay, no! —dijo Pedro—.
Perdí mi libreta.

Volvieron a subir y
encontraron la libreta.

—Resolver misterios es difícil —dijo Pedro—. Necesito tomar algo.

Por suerte, su amiga Jane estaba vendiendo limonada.

—Vi a tu mamá hace una hora —le contó Jane—. Se tomó una limonada camino a la tienda.

—¿Tenía su relicario? —preguntó Pedro.

—No, no lo tenía —contestó Jane—. Siempre me gusta mirar las fotos que tiene adentro.

Pero ella no lo tenía.

Volvieron a casa de prisa.

Pedro le contó a su mamá:

—Jane no te vio con el relicario puesto cuando ibas camino a la tienda. ¡Todavía está aquí!

—Tengo otro misterio —dijo el papá de Pedro—. No encuentro mi teléfono nuevo.

—¿Bajaste rodando por
una colina? —preguntó
Pedro.

—No —respondió su papá.
Buscaron el teléfono.
Y buscaron el relicario. Pero
no tuvieron suerte.

Capítulo 3

Caso cerrado

Pedro dijo:

—Descansemos un rato de resolver misterios. ¡Juguemos al fútbol!

Katie pateó la pelota. Lo tan fuerte que la pelota rodó por debajo de un arbusto.

—Yo la busco —gritó Pedro.

Mientras buscaba la pelota, vio algo brillante: ¡el relicario de su mamá!

—¡Bien, Pedro! —dijo ella—. Se me cayó cuando juntaba rosas.

—Ahora busquemos el teléfono de papá —dijo Pedro—. Vayamos a nuestro. Es un buen lugar para pensar.

Juli se preguntaba: Si yo fuera un teléfono, ¿adónde iría?

—Ojalá ese pájaro ruidoso dejara de piar —dijo Katie—. ¡No me deja pensar!

CLUB DE LOS MISTERIOS

—No es un pájaro —dijo Pedro—. ¡Es el teléfono de papá! Alguien lo está llamando.

Siguieron el sonido y bajaron hasta el césped.

El papá de Pedro sonrió y explicó:

—Se me cayó cuando estaba pintando la casita del árbol.

Katie Woo también sonrió y dijo:

—Si tu familia sigue perdiendo cosas, siempre tendremos misterios para resolver.

—¡Rápido! —exclamó Pedro—. Antes de que pase eso, comamos un bocadillo.

El bocadillo no era ningún misterio: ¡eran galletas con trocitos de chocolate!

Sobre la autora

Fran Manushkin es la autora
de muchos libros de cuentos
ilustrados populares, como
*Happy in Our Skin; Baby,
Come Out!; Latkes and
Applesauce: A Hanukkah
Story; The Tushy Book;
The Belly Book; y Big Girl
Panties.* Fran escribe en su

amada computadora Mac en la ciudad de Nueva
York, con la ayuda de sus dos gatos traviesos
gatos, Chaim y Goldy.

Sobre la ilustradora

El amor de Tammie Lyon por el dibujo comenzó cuando ella era muy pequeña y se sentaba a la mesa de la cocina con su papá. Continuó cultivando su amor por el arte y con el tiempo asistió a la Escuela Columbus de Arte y Diseño, donde obtuvo un título en Bellas Artes. Después de una breve carrera como bailarina profesional de ballet, decidió dedicarse por completo a la ilustración. Hoy vive con su esposo, Lee, en Cincinnati, Ohio. Sus perros, Gus y Dudley, le hacen compañía mientras trabaja en su estudio.

Conversemos

1. Pedro abrió un club de misterios. Si abrieras tu propio club, ¿qué clase de club sería? ¿Qué harías en el club?

2. Pedro dice que la casita del club es un buen lugar para pensar. ¿Por qué es un buen lugar para pensar? ¿En qué lugar piensas mejor?

3. ¿Has resuelto un misterio alguna vez? ¿Qué pasó?

Redactemos

1. Escribe los pasos que siguieron Pedro y sus amigas para resolver el misterio del relicario perdido.

2. Imagina que no hubieran encontrado el relicario. Haz un cartel que anuncie que se ha perdido un relicario. Incluye un dibujo y una descripción.

3. Pedro entrevistó a una testigo en esta historia. Busca la palabra "testigo" en un diccionario y anota su definición. Luego escribe una oración que indique quién es la testigo de Pedro.

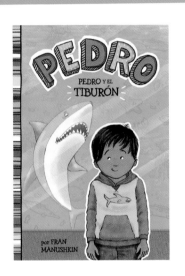

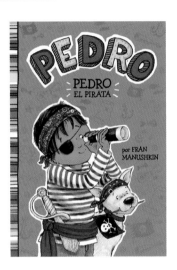

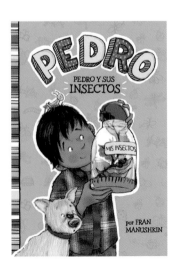

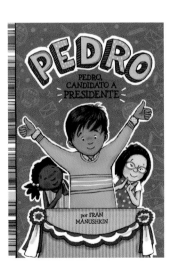

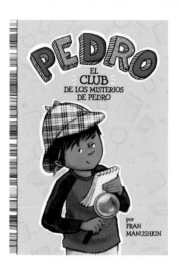

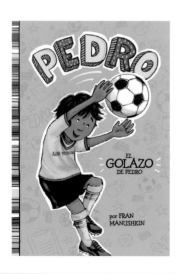

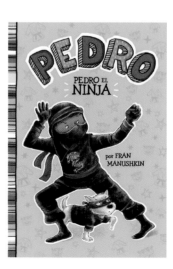

AQUÍ NO TERMINA LA DIVERSIÓN...

Descubre más en www.capstonekids.com

- 🔍 Videos y concursos
- 🔍 Juegos y acertijos
- 🔍 Amigos y favoritos
- 🔍 Autores e ilustradores

Encuentra sitios web geniales y más libros como este en www.facthound.com. Solo tienes que ingresar el número de identificación del libro, 9781515825128, y ya estás en camino.

CLUB DE LOS MISTERIOS